# 청춘만화방

## 청춘 만화방

발행일 2023년 1월 31일

| | |
|---|---|
| 글쓴이 | 경덕여고 화홍 동아리 |
| | 2학년 - 김채영, 박소현, 박지수, 심유림 |
| | 1학년 - 김민주, 김예진, 엄수빈 |
| 엮은이 | 정미화(경덕여고 교사) |
| 표지 그림 | 김채영 |
| 펴낸이 | 한향희 |
| 펴낸곳 | 도서출판 빨강머리 앤 |
| 디자인 | 한향희 |
| 출판등록 | 제25100-2005-28호 |
| 주소 | 대구광역시 달서구 문화회관길 165, 대구출판산업지원센터 503호 |
| 전화 | (053) 257-6754 |
| 팩스 | (053) 257-6754 |
| 이메일 | sjsj6754@naver.com |

\*이 책은 저작권법에 따라 보호받는 저작물이므로 무단복제를 금합니다.
\*이 책 내용의 전부 또는 일부를 이용하려면 반드시 저작권자와 빨강머리 앤의 서면 동의를 받아야 합니다.

## 책을 엮으며

   그림에는 젬병인 저는 순정만화에나 나올 법한 캐릭터를 백지에 쓱쓱 그려내는 여학생들이 늘 부러웠습니다. 또, 태블릿 PC에 자유자재로 그림을 그리고 야무지게 색칠까지 해내는 아이들을 보면서 경탄을 금치 못했습니다.
   우리 학교에는 그림을 좋아하는 아이들로 구성된 동아리, '화홍'이 있습니다. 이 동아리에는 만화 그리기를 좋아하는 아이들도 있습니다. 이 아이들이 그린 그림을 보면서 다른 사람들에게도 보여주고 싶다는 생각을 하곤 했습니다.
   어느 날 저는 아이들에게 스토리가 있는 만화책을 만들어 보는 것이 어떻겠냐고 제안을 했습니다. 사실 짧은 시간 안에 스토리가 있는 만화를 그리는 일은 결코 쉬운 일이 아니었을 거예요. 그런데 기특하게도 아이들은 두 눈을 반짝이며 한 번 해보겠다고 용기를 냈습니다. 때때로 만화를 그리는 일이 뜻대로 되지 않아 힘들었을 텐데도 불평하거나 싫은 내색도 하지 않고 저마다 최선을 다했습니다.

유난히 짧고 무더웠던 여름방학에 그림에 몰두하여 자신의 작품을 완성해 낸 아이들. 이 아이들이 보여준 열정과 수고에 무한한 찬사를 보냅니다!

　여기, 7인 7색의 다양한 색깔로 자신만의 스토리를 그려낸 웹툰 새내기의 작품을 세상에 선보입니다. 비록 서툴고 부족한 점이 있더라도 이 아이들의 용기 있는 도전에 많은 응원과 격려를 부탁드립니다.

　감사합니다.

2023년 1월
지도교사 정미화

## 동아리 부장 인사말

우리는 다양한 플랫폼에서 웹툰을 쉽게 접할 수 있습니다. 학생이라면 한 번쯤 웹툰을 읽어본 적이 있을 것입니다. 그런데 때때로 우리는 웹툰을 재미있게 읽으면서 한 번씩은 '내가 직접 만화를 그려보고 싶다!' 하는 생각을 하기도 합니다.

그동안 저희가 직접 그린 그림을 다른 사람들과 공유할 수 있는 기회가 많이 없었는데, 이번 기회에 만화책쓰기를 통해 꿈을 실현하게 되어 무척 기쁩니다.

이 책을 위해 7명의 학생들이 '학교'를 주제로 각자 다른 장르의 만화를 그려보기로 했습니다. 로맨스부터 판타지, 추리, 스릴러, 액션, 디스토피아까지 다양한 장르의 단편 만화를 완성했습니다. 만화를 그리기엔 시간이 충분하지 않았지만 모두 각자의 이야기를 잘 완성하게 되어 뿌듯합니다.

7명의 작가들의 생애 첫 작품들을 즐겁게 감상해주시길 바랍니다!

2학년 김채영

## 차례

1. 사건의 지평선 _ 김민주 — **011**

2. 그 날을 시작으로 _ 김예진 — **083**

3. 4/23, 갑작스런 이별 _ 엄수빈 — **127**

4. 파랑 _ 김채영 — **177**

5. 홍연 _ 박소현 — **213**

6. 이상현상 퇴치부! _ 심유림 — **243**

7. 손거울 _ 박지수 — **277**

### 작가 김민주

하루에 8페이지를 작업하는 진기 명기쇼를 해볼 수 있는 좋은 기회였습니다. 아쉬운 부분이 남지만 즐겁게 작업한 만큼 독자들께서도 즐겁게 읽어주셨으면 좋겠습니다!

# 사건의 지평선

뭐라는거야!!

뭐...

아니 귀청 떨어질 뻔 했네!! 그렇게까지 기겁할 일이야?

좋아하긴 뭘 좋아해!! 아니 단순 호기심이나 심심해서 그랬겠지!!

모든 로맨스소설의 첫장은 그런 법이지 않겠냐

뭐라는거야

호기심이 관심이 되고~

관심이 사랑이 되는 법이니까~

사랑...

뭐야 이 거지같은 화면 치워

아.. 그게...

저도 그러고 싶은데 가족이 데리러 오기로 해서요..

아싑

아ㅎㅎ 그렇구나.. 푹 쉬어!

드르륵

소리야!!

움찔

응?

아 아니 왜 설명해줘도 못 알아들어!? 나보다 한 학년 많은데..

속눈썹은 길고, 처진 눈에 안경썼고,

나긋나긋한 목소리에..

한 어깨 좀 넘은 머리 하나로 묶은 남자!!

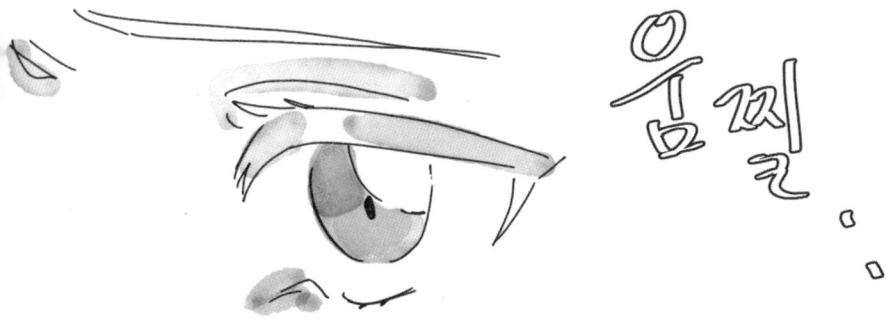

움찔..

~아픈 건 약 먹고 한숨 자니 나았습니다~

…..

얼른 두고 가자.

여기 있으면 언제 만나게 될지 모르니까..

소리야?

설마.

...아니겠지?

..설마.

선배 죽은 사람이잖아요.

..그게 무슨 소릴까?

산 사람을 죽은 사람 취급하다니.. 조금 속상한걸.

편지를 읽으면서 웃기도 하고,

때로는 눈물짓기도 하였다.

여동생이 이 학교를
다닐 수도 있다는 소진이의 말에,

여동생을 통해서라면 편지를 볼 수도
있지 않을까란 생각을 했어.

...4년을 기다리다, 결국 보게 됐네.

...네?

그, 그게 무슨 소리예요?! 여기 계속 남아있으면 되잖아요!

그럴 순 없어, 여기에 더 머무르면.. 평생 이 곳을 벗어날 수 없을지 몰라.

아, 아니 그래도....

……야!

소리야!

2년 후

아, 네!

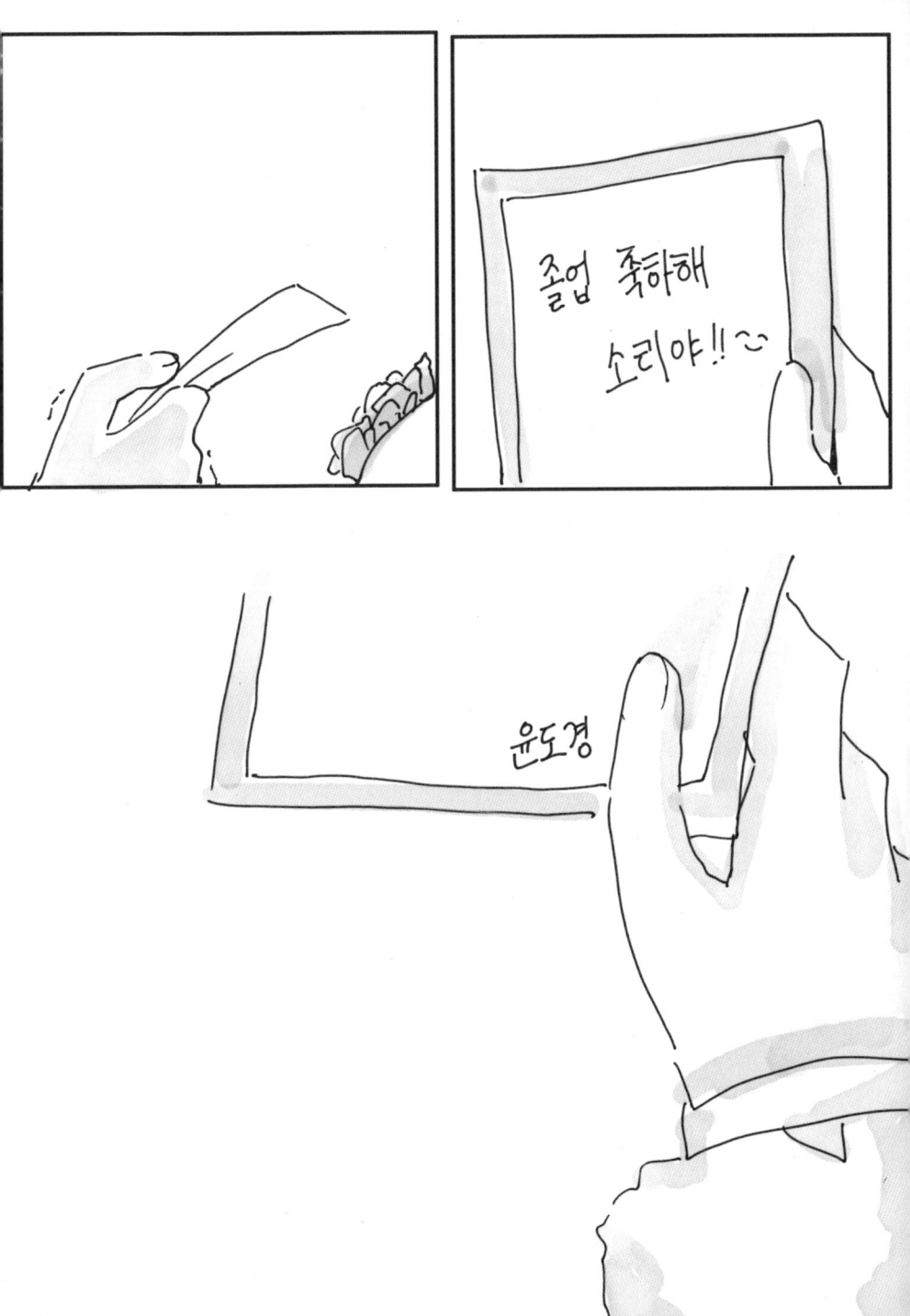

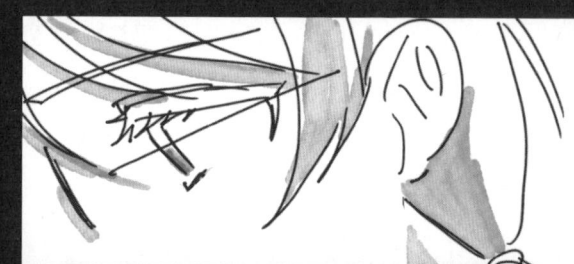

비둘기를 안은 아이처럼~

행복해줘 나를 위해서.

이상은-비밀의 화원

### 작가 김예진

'화홍' 동아리를 통해 만화를 그리고 책쓰기에 참여할 수 있어 정말 뜻깊은 시간이었습니다. 만화를 그리는 내내 즐거웠습니다. 정해진 기간 내에 작품을 완성할 수 있게 지도해주시고 조언해주신 선배님들 그리고 선생님께 정말 감사합니다. 부족한 점이 많겠지만 즐겁게 읽어주시면 감사하겠습니다!

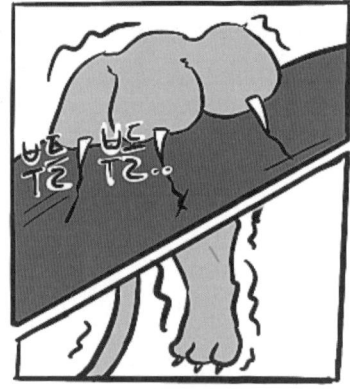

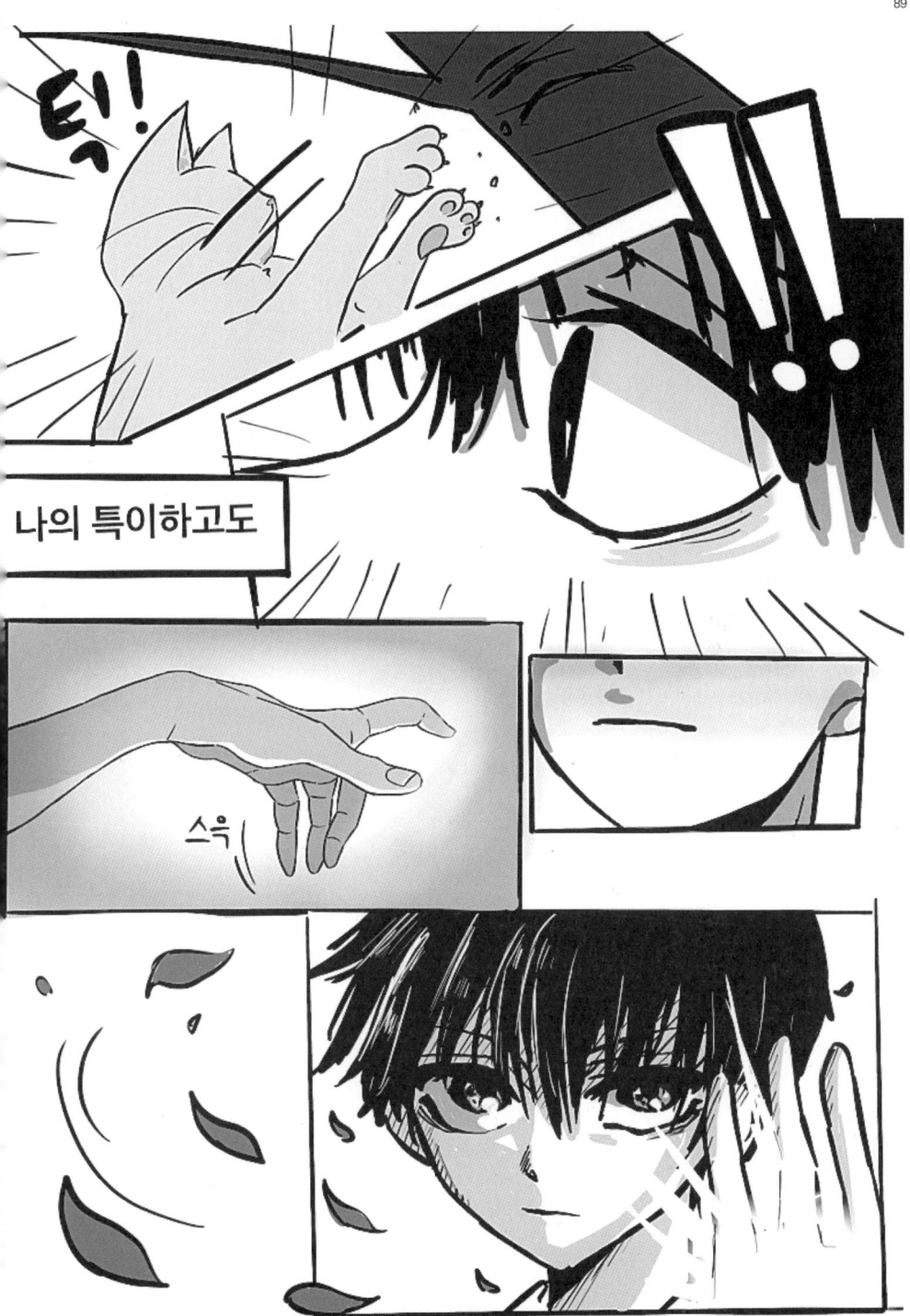

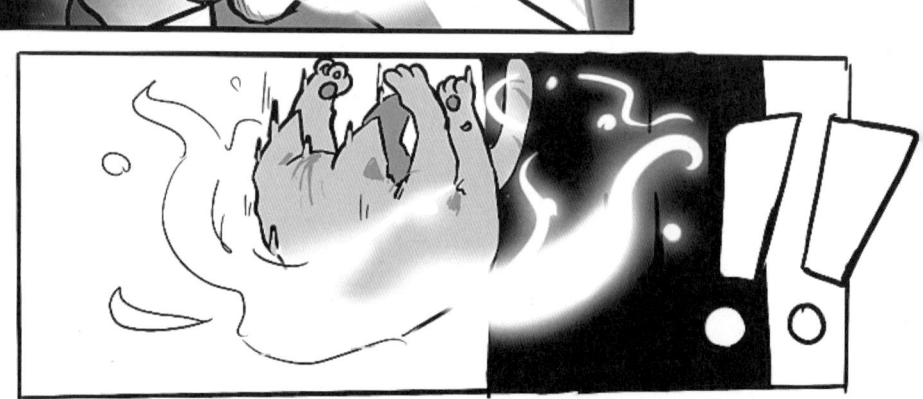

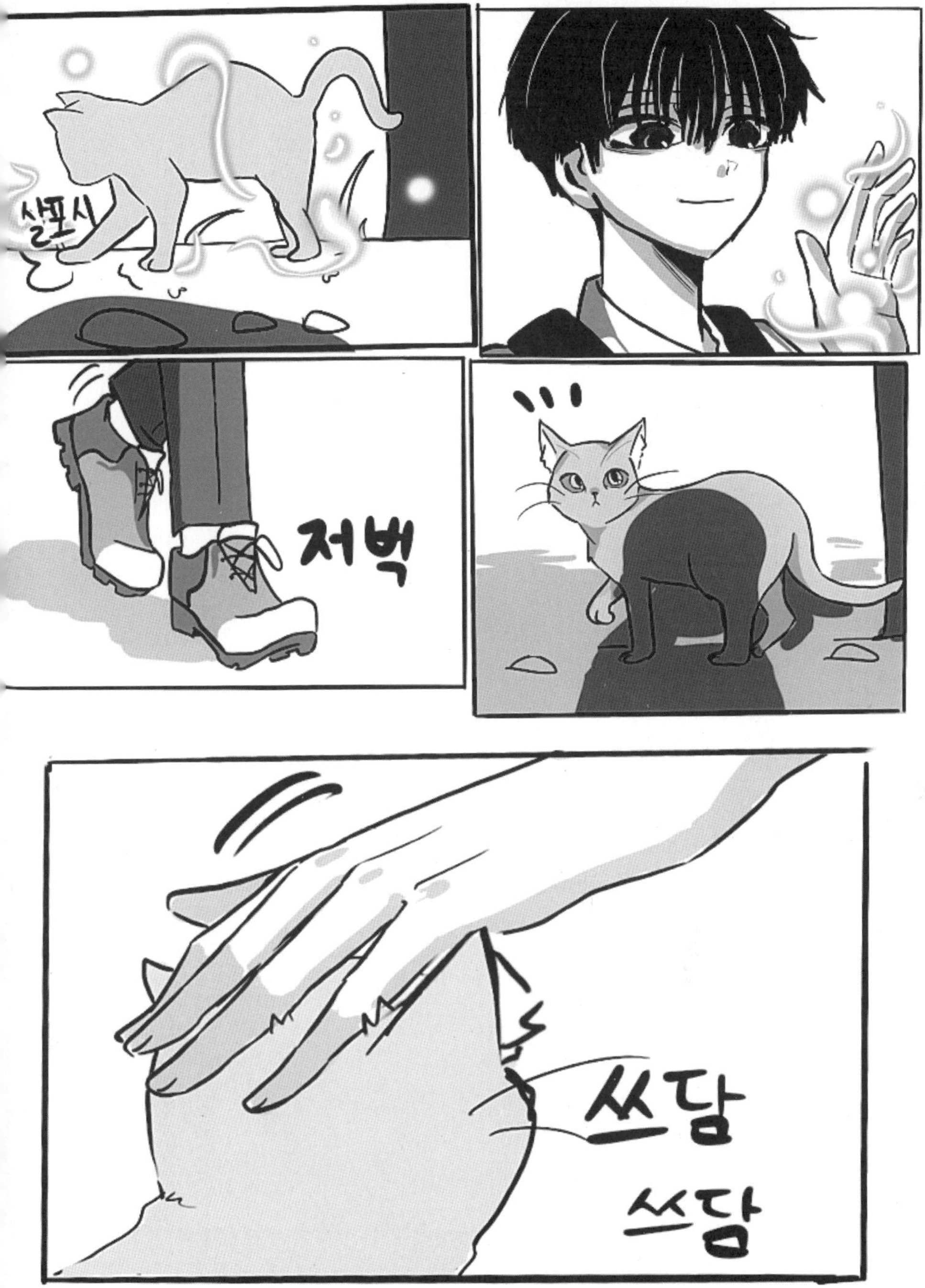
사뿐시
저벅
쓰담
쓰담

이제 저런 위험한
곳엔 올라가지마

먀옹

쓰담
쓰담

슥슥

뭐였지?

방금 학교에서 굉장히 기분나쁜 무언가가 나오는 듯한..

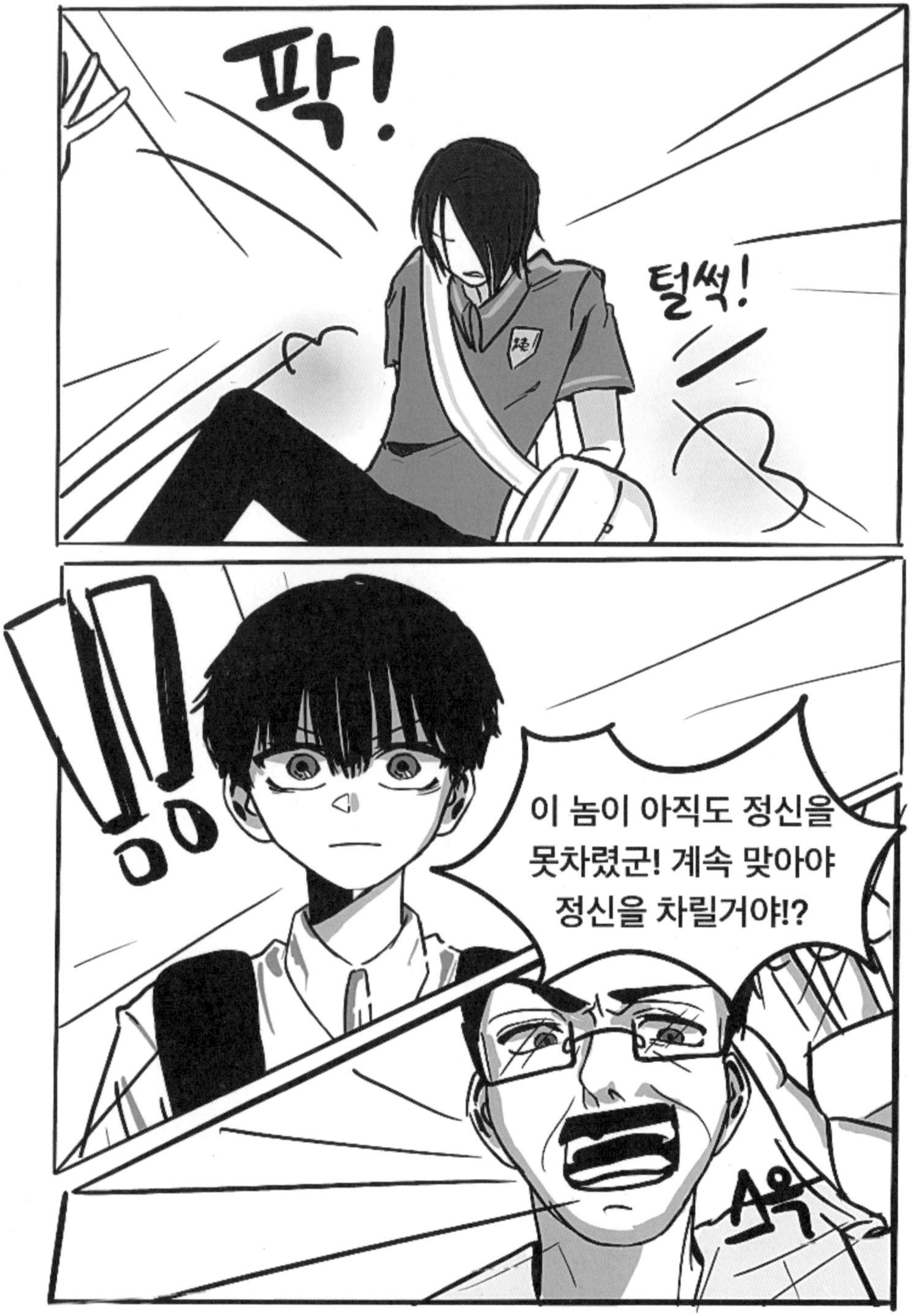
팍!
털썩!
이 놈이 아직도 정신을 못차렸군! 계속 맞아야 정신을 차릴거야!?
쏘옥

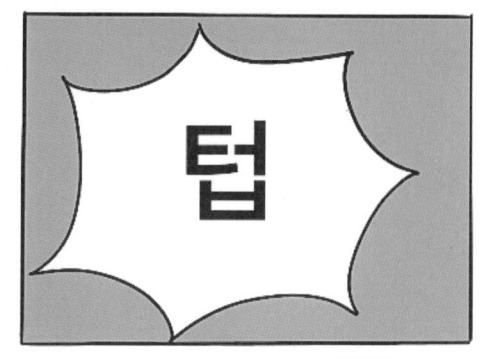

뭐야 저건!

제게 왜 잠시도
주시지 않는건가요?
그 펜은
특별해요
그 펜으로 그린 것은
어떤 형태든지 실존하는
것이 돼요
물론, 실력이
좋은사람 이어야하죠.
너 따위에게는
어울리지 않아..
고오오
펜을 써서 실존하는
것을 만드는데에 완벽히
성공하면
그 펜은
그사람의 것이돼요
어서 내게 넘겨!!
!!
의심스러워서
계속 안줬는데..
본성을 드러냈군
힐끔

저희와 학교의 이야기는 당분간 끝나지 않을 것 같습니다

토요일의..

그날을 시작으로

### 작가 엄수빈

만화를 그리는 일이 처음부터 쉬운 작업은 아니라고 생각했습니다. 마감 시간이 코앞인데 완성되기까지 시간이 필요했고 제출 기간을 조금 넘기기도 하였습니다. 하지만 만화책쓰기는 나만의 만화를 그릴 수 있다는 점에서 특별한 의미가 있었기 때문에 여러 가지 생각을 하면서 열심히 작업을 했습니다. 그래서인지 완성하고 나니 묘하면서도 뿌듯한 기분이 들었습니다.

# 4/23, 갑작스러운 이별

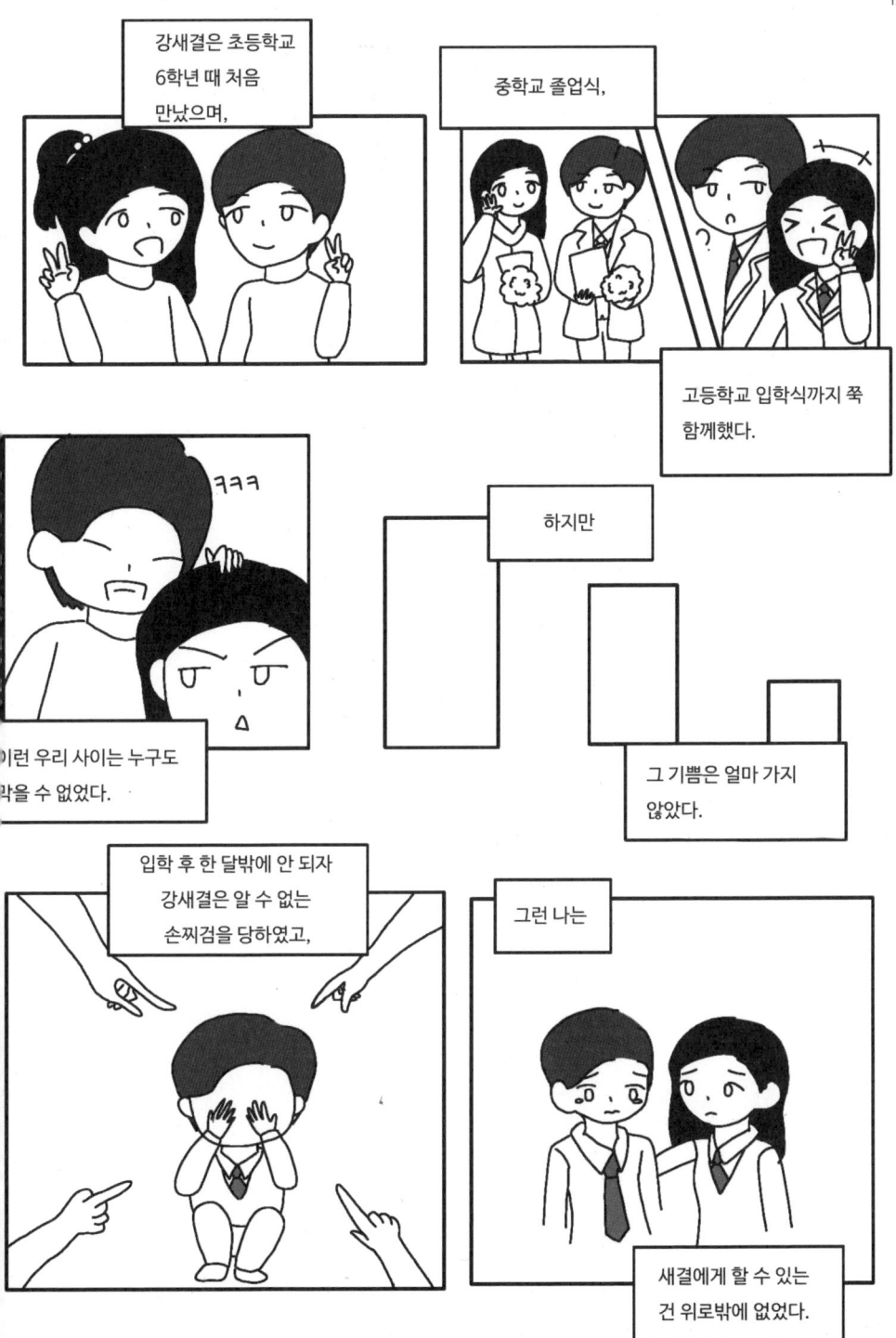

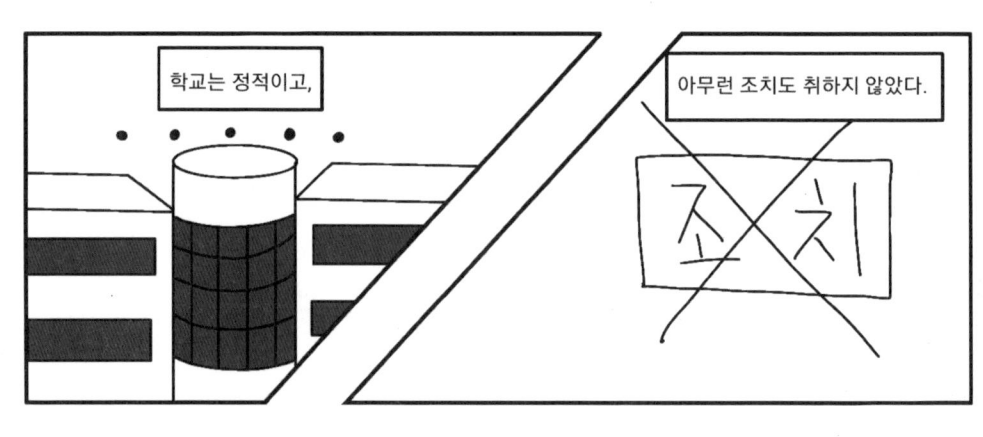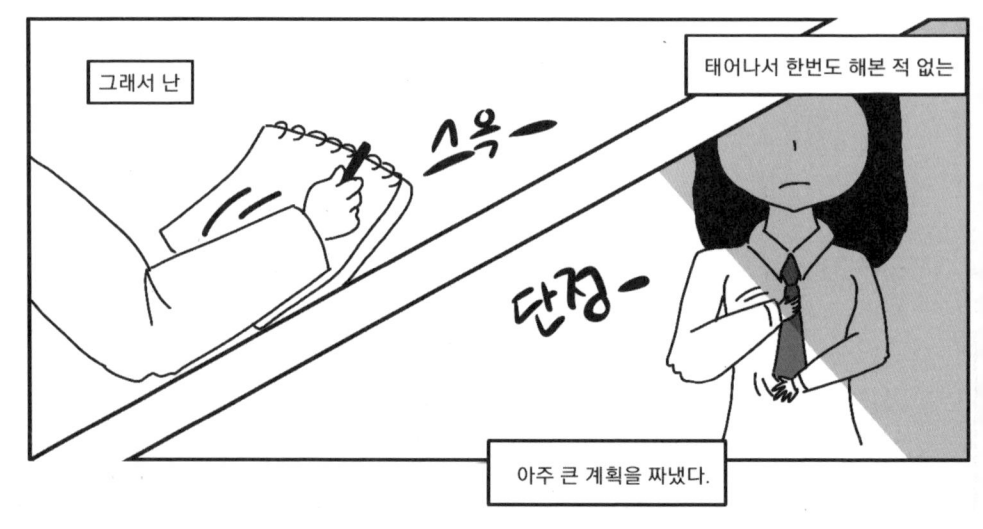

내 친구의 모든 사실을 드러내고자 가해자들이 했던 행적을 모두 공개하는 것.

그것이 이번 나의 목표다.

물론 처음이지만

최선을 다해서 노력할거다.

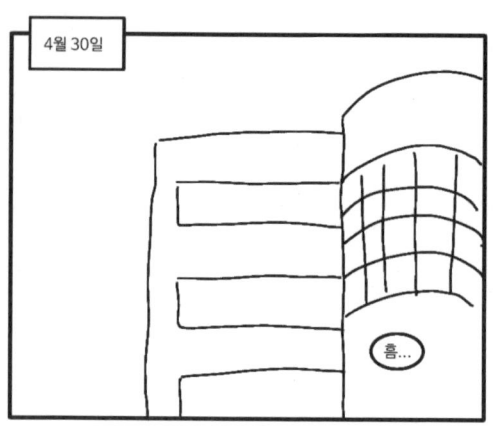

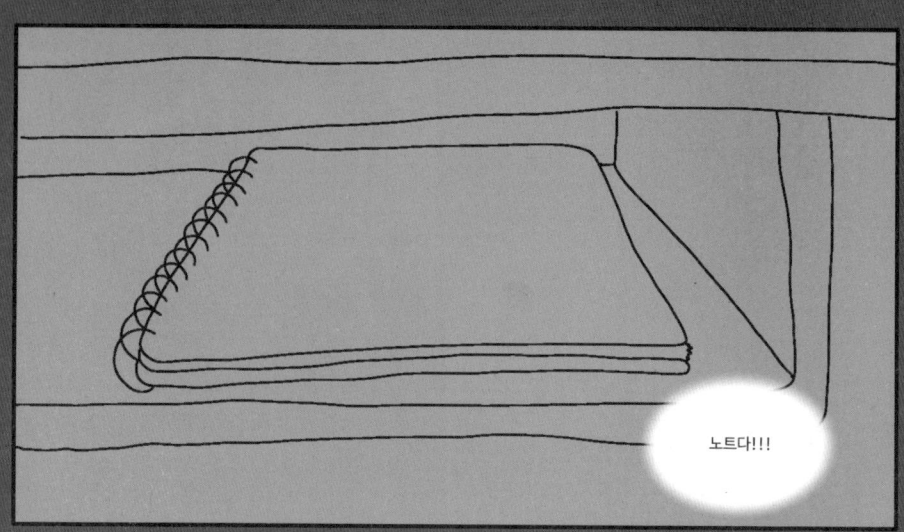
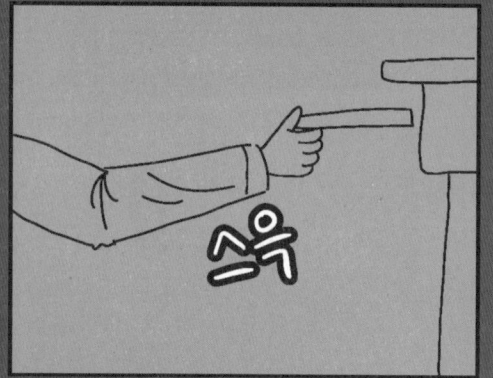
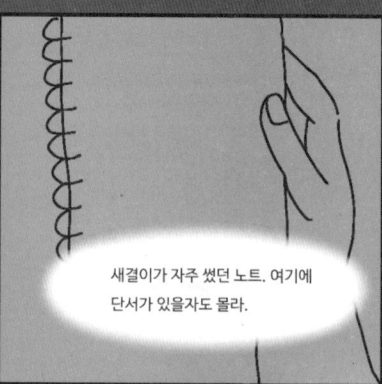

학생! 저기서 뭐하는 거야?

들켰다!!

두두두두—

저기 안서겅?

일단 튀어!!!

2일째
단서
강새결의 노트
단서는 하나 찾았고,
다른 것도 봐야하는데...
담비야.
어, 소현아.
장소현
-온담비의 친구
잠깐 나 좀 보자.

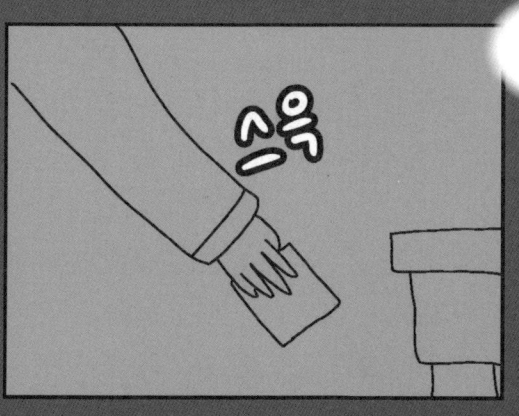

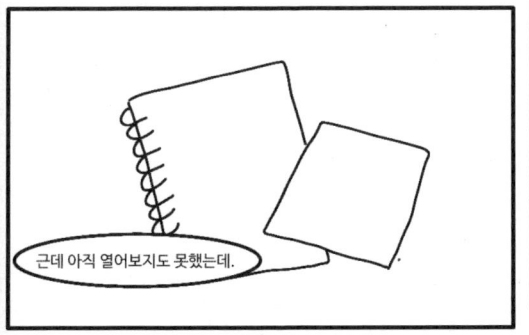

쿵

## 1-B반의 ㄱㅅㄱ의 정체는 가해자다.

이, 이게 뭐야?!

두 명의 학생에게 심한 언어폭력을 하였으며...

자신은 부인하고 있다고 주장했음.

아 이런...

그러다 죄책감이 들어 결국 극단적 선택을 함.

이러다간 새결이가 나쁜애로 취급될거야.

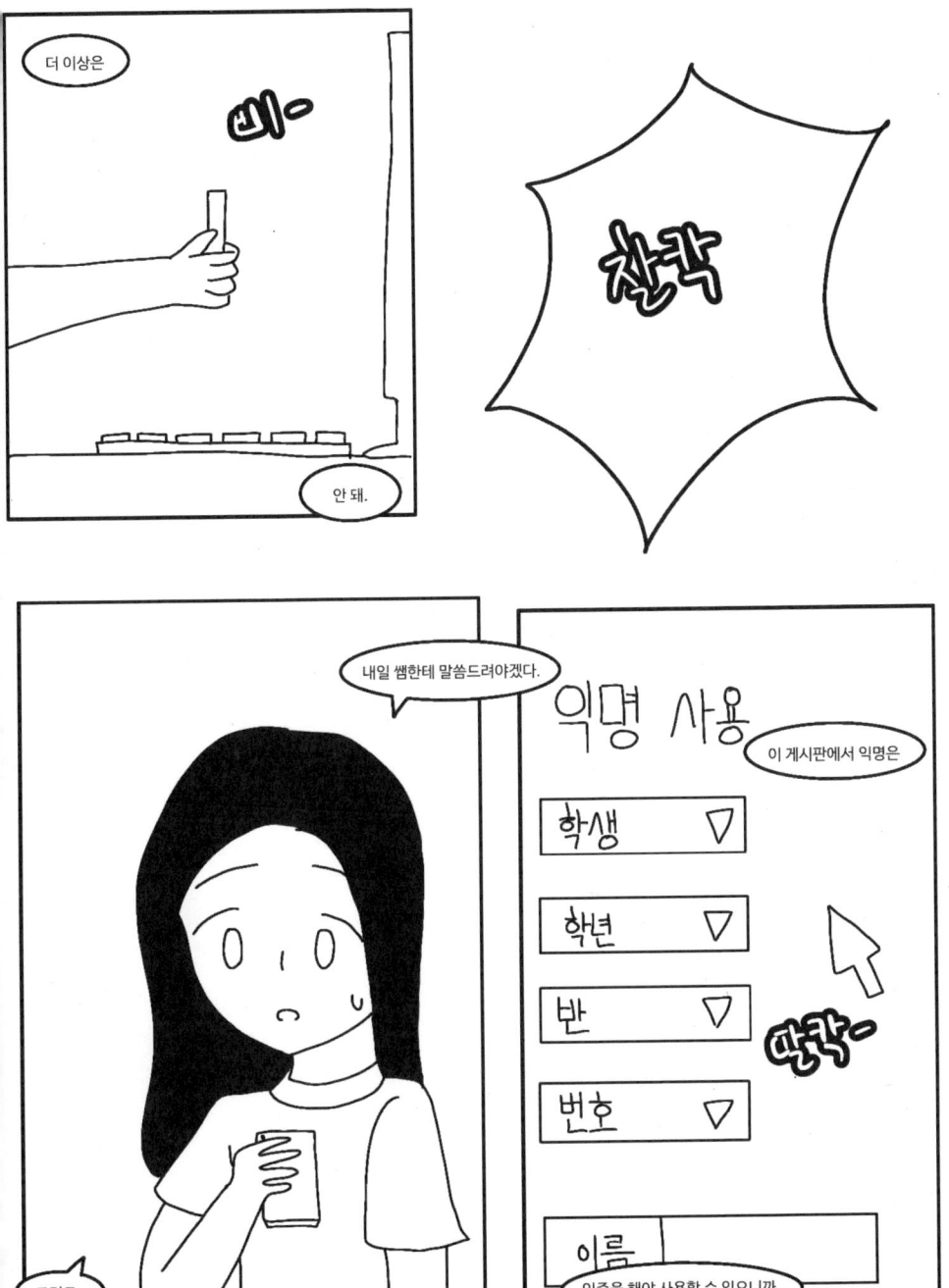

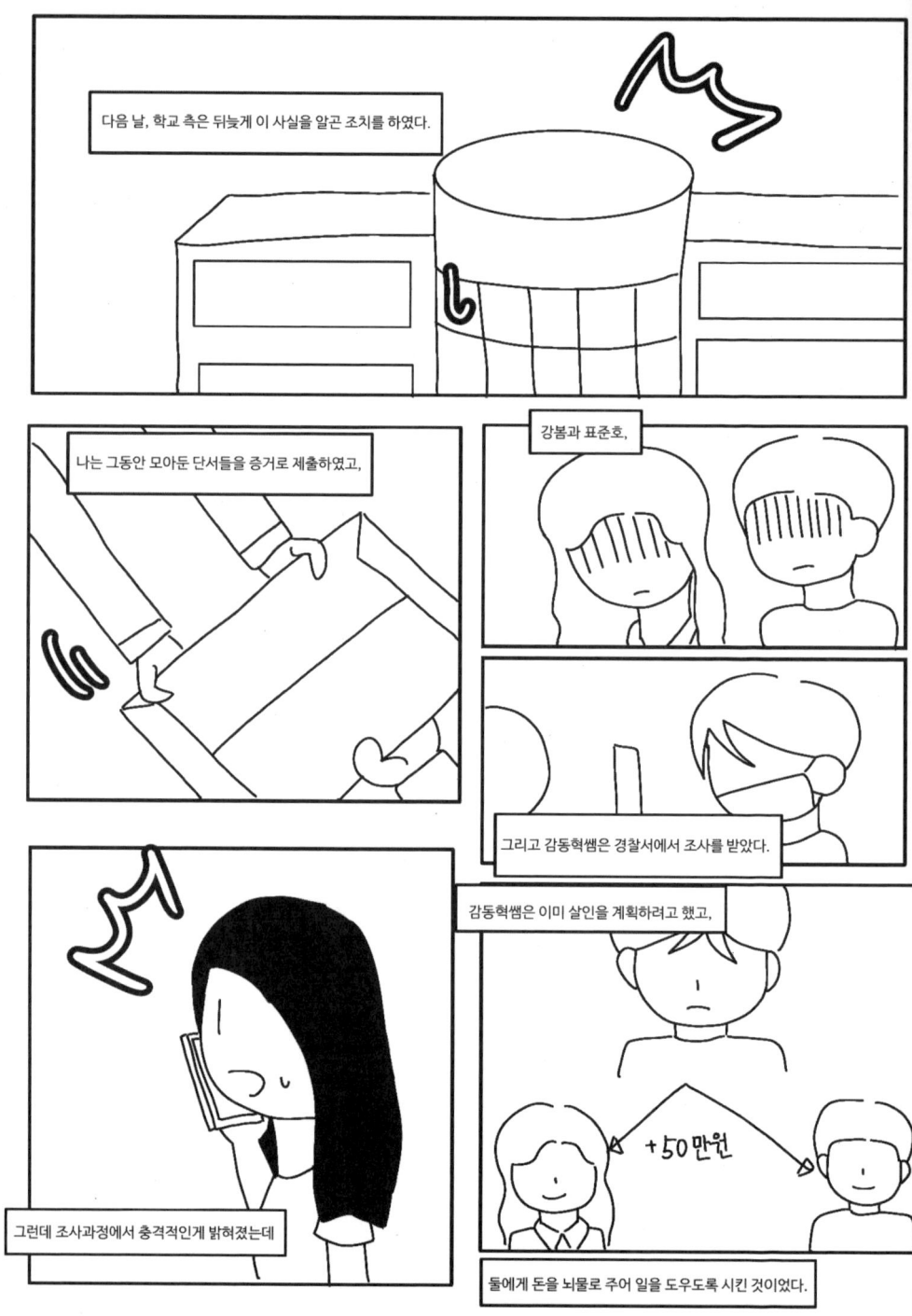

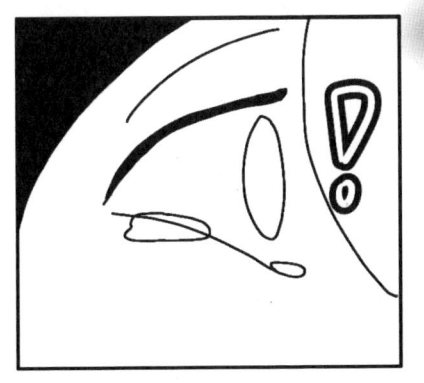

나도 고마워.

담비야.

그동안 정말 수고많았어.

날 위해 엄청난 노력을 했다는데 정말 고맙고, 때론 엄청 미안하더라.

나도 이젠 편안히 쉴 수 있을 것 같아.

그리고 한 가지만 약속해줘.

너랑 나 떨어져있어도 계속 친구로 해줬으면 좋겠어.

### 작가 김채영

이번 기회를 통해 생애 처음으로 단편 만화를 그려보았습니다. 욕심을 조금 내어 길고 다양한 내용을 구상했는데, 마감 기간과 체력적인 한계로 마음껏 발휘하지 못해서 아쉬움이 남기도 합니다. 그래도 첫 만화 치고는 마음에 들게 나온 것 같아 뿌듯했습니다. 같이 만화를 그린 6명 모두 훌륭한 작품을 만들어줘서 고맙게 생각합니다.

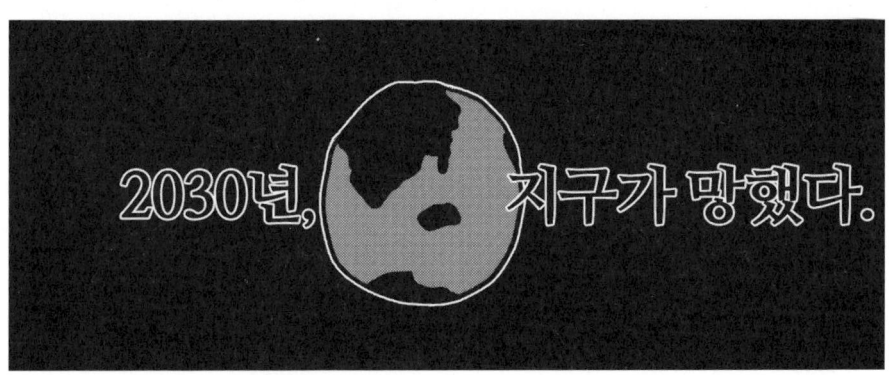

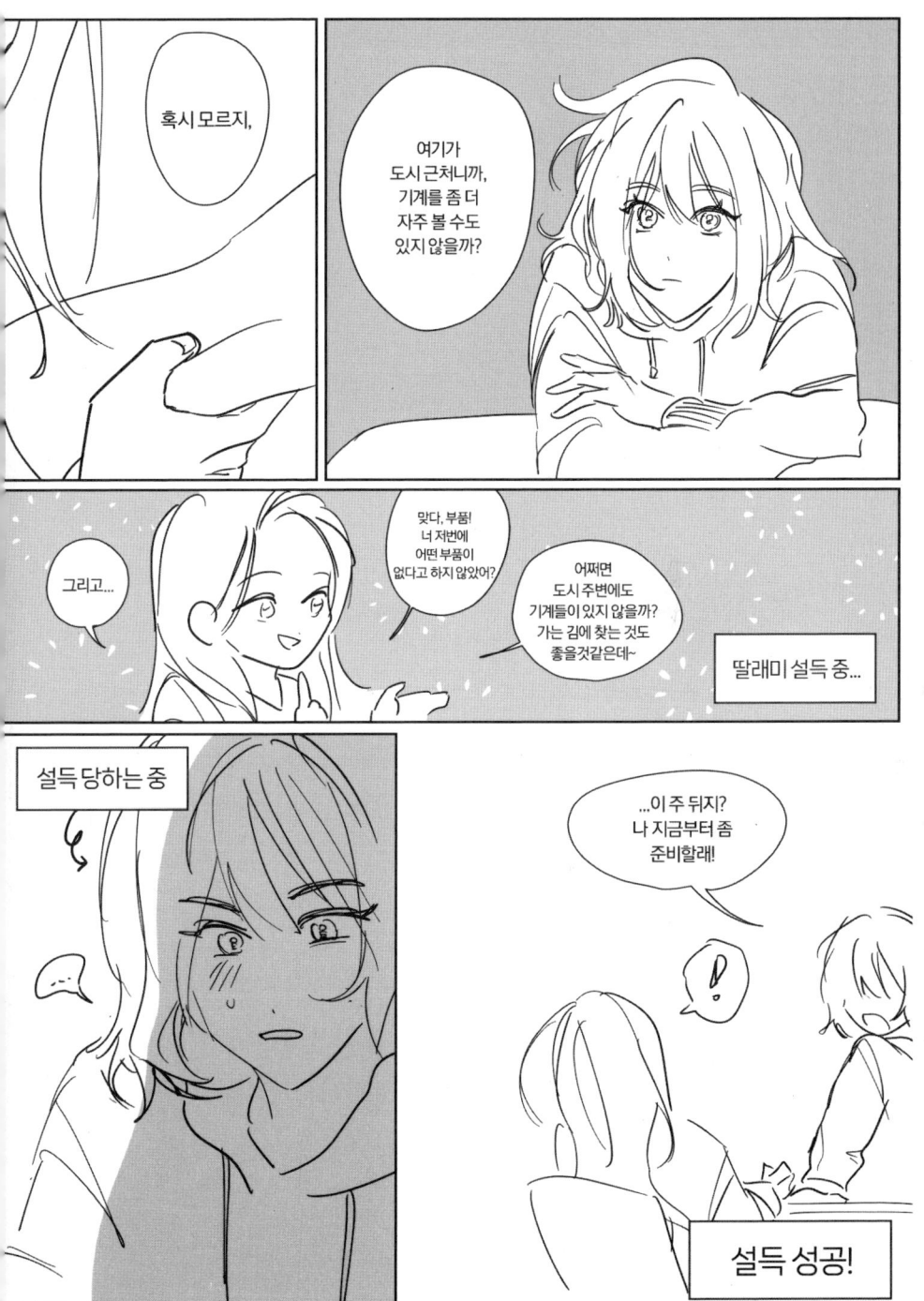

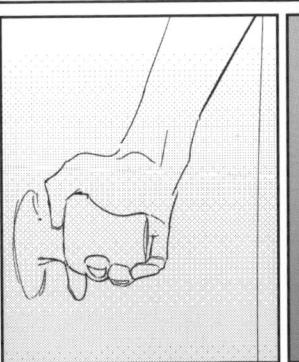

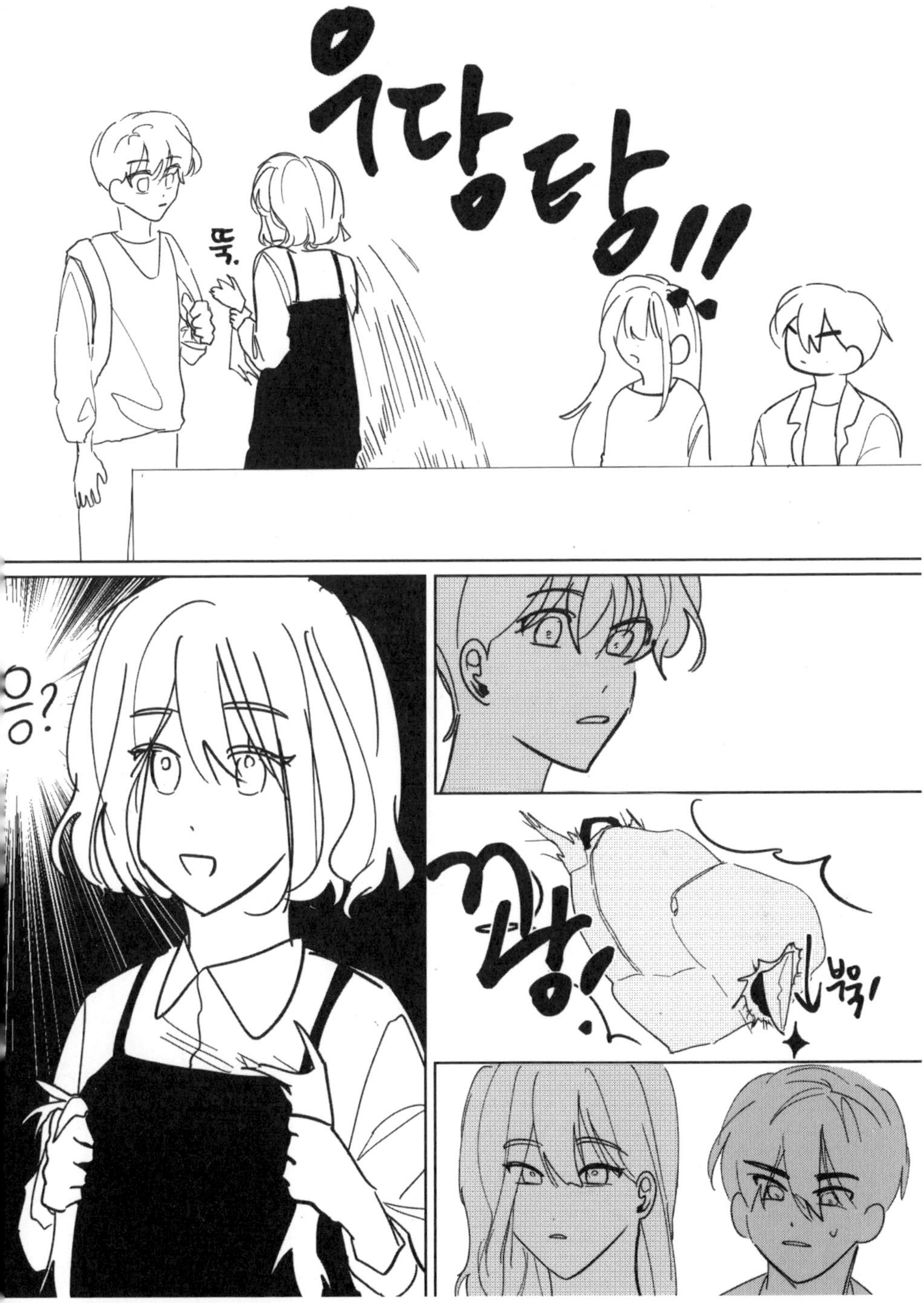
우당탕!!
툭.
응?
꽈당!
부욱!

40년이 지났는데도 딴짓하는 방식은 비슷하네.
일단… 집중해야 하니까 이건 내가 가져갈게?
홀랑
아, 안…
쪽♡
망했다!!!!!!!
되는 일이 없어..
확실히 맞네!
힝

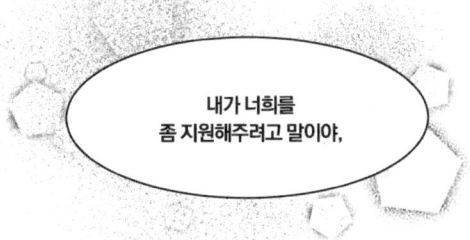

가방으로 인한 싸움이
가방으로 인해 끝나게 되었다.

그렇게 학교에서의 첫날은
모두 성공적으로 마치게 되었다.

### 작가 박소현

만화 그리기를 하면서 많은 생각을 하였고, 여러 번의 수정을 거치면서 완성해 나가는 과정을 통해 이 일을 업으로 삼고 계신 분들에 대한 존경심을 느낀 아주 뜻깊은 시간이었습니다. 이 책의 만화 하나하나가 소중하게 만들어졌으니 즐겁게 읽어주세요. 감사합니다.

홍연

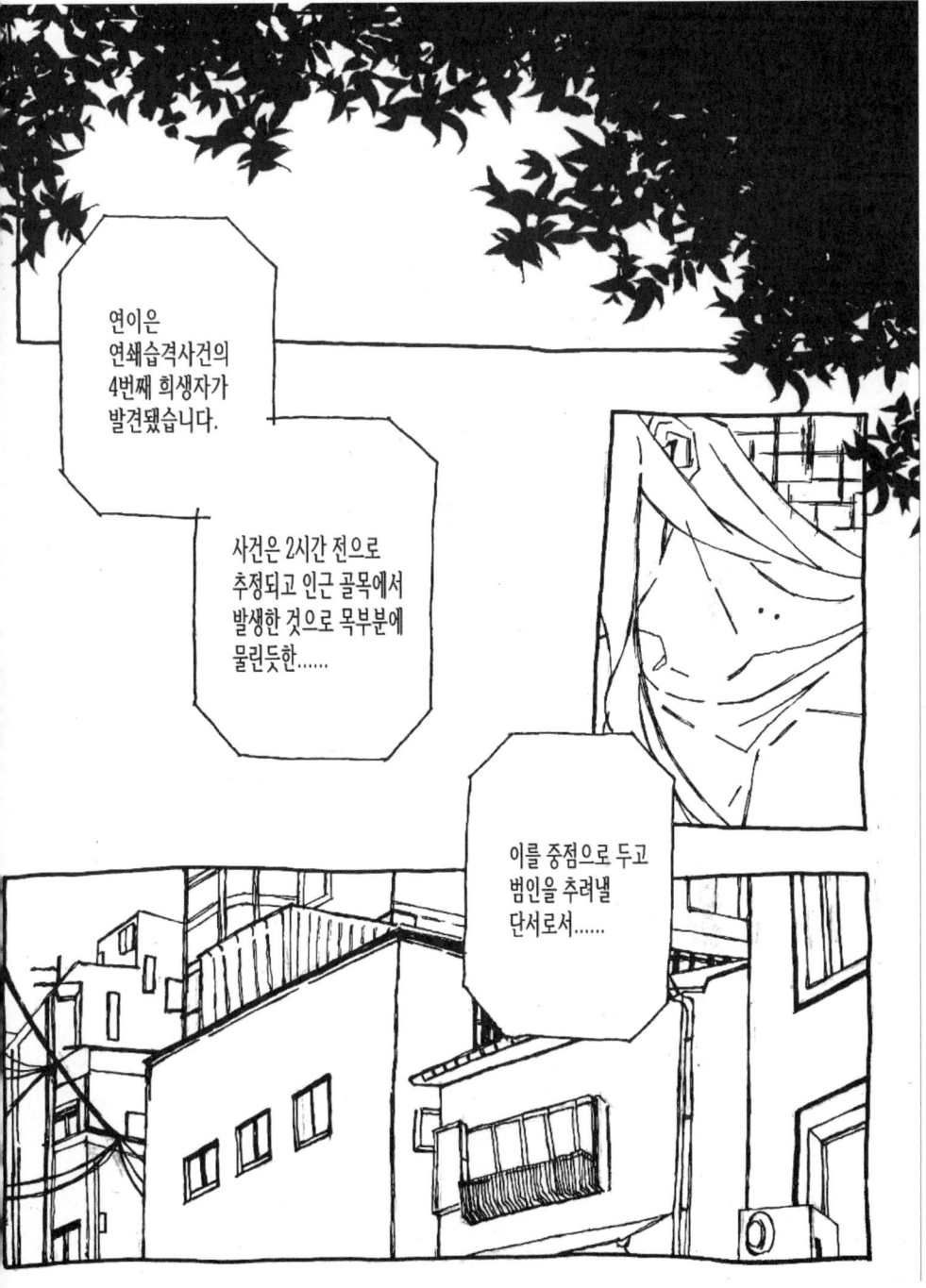

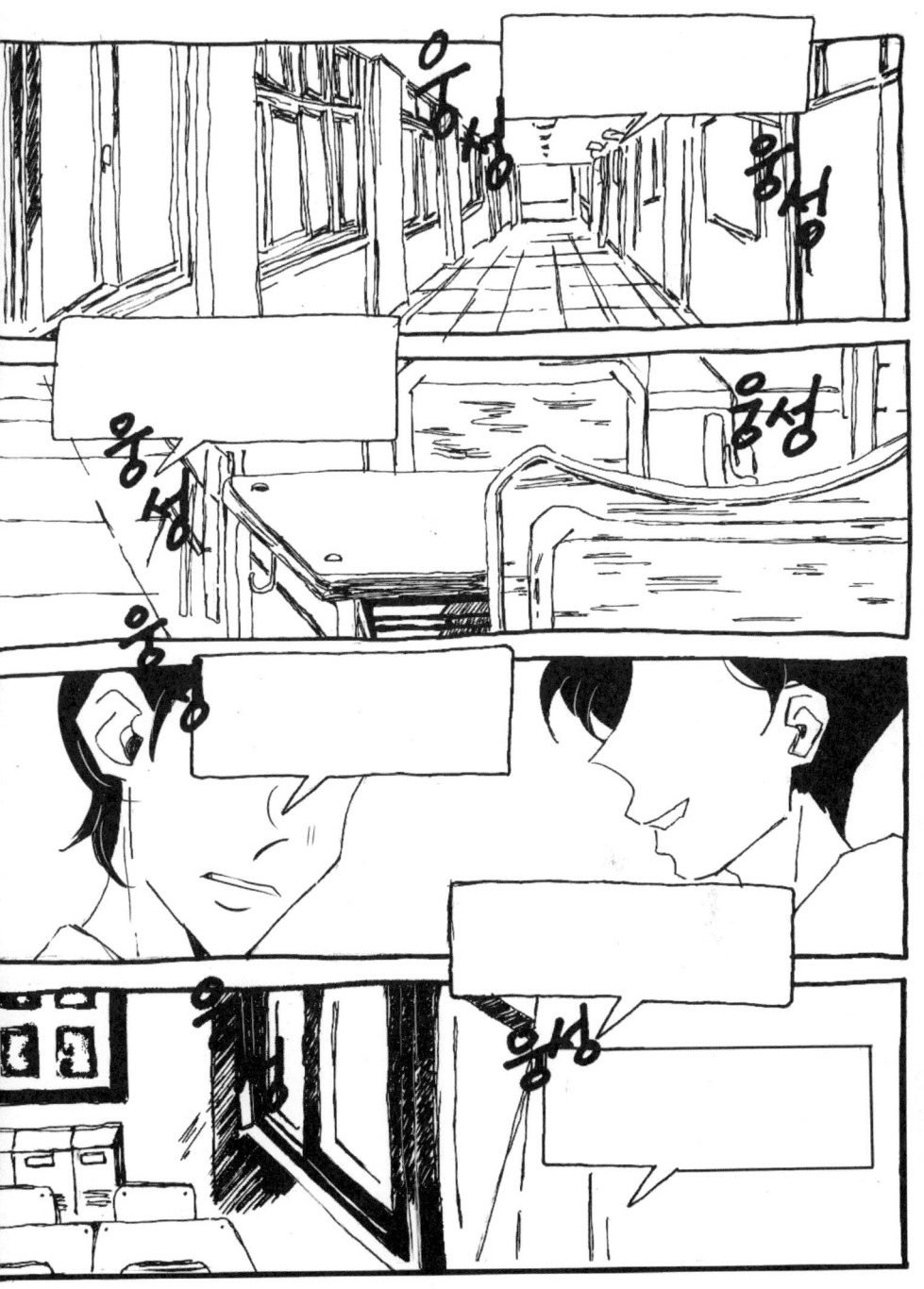

윤채민

고2
학생회 임원
전형적인 모범생
성적 상위권
교우관계 원만

보영 관점에서의
MBTI: ISTJ(현실 주의자)

관계
보영의 가장 친한 친구

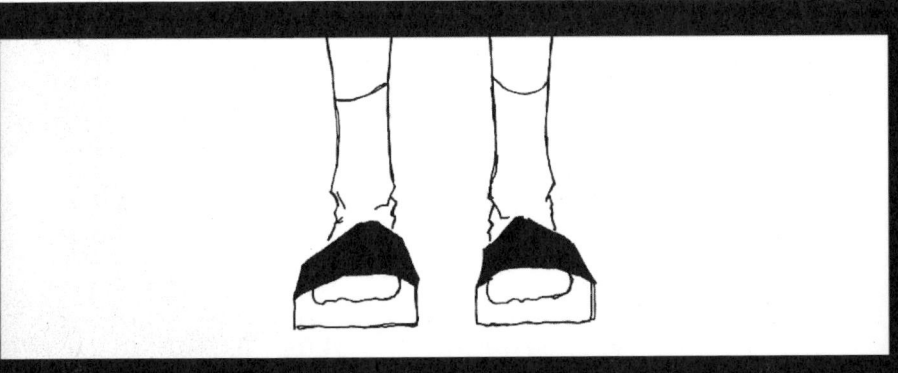

.. 강보영?

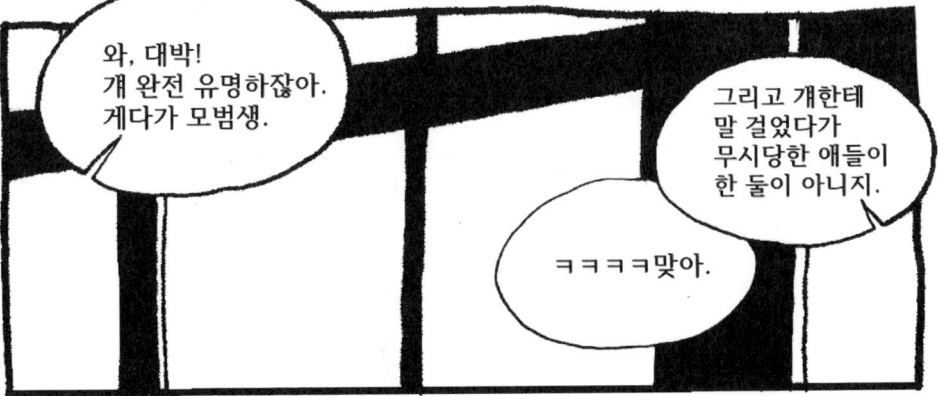

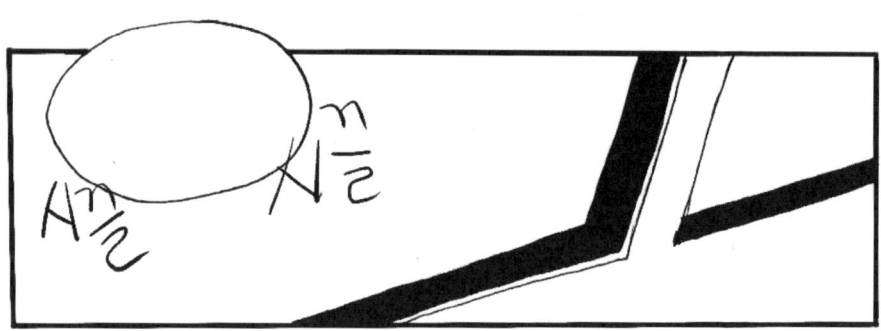

방과 후

맞아, 이번에도 언제나처럼 내가 너를 찾으러 갈게.

이제 다시 태어날 시간이야.

### 작가 심유림

이렇게 스토리가 있는 만화를 그려본 것이 처음이어서 그림을 그리는 과정은 힘들었지만 완성하고 나니 뿌듯합니다. 모두들, 고생 많았고 수고했어!

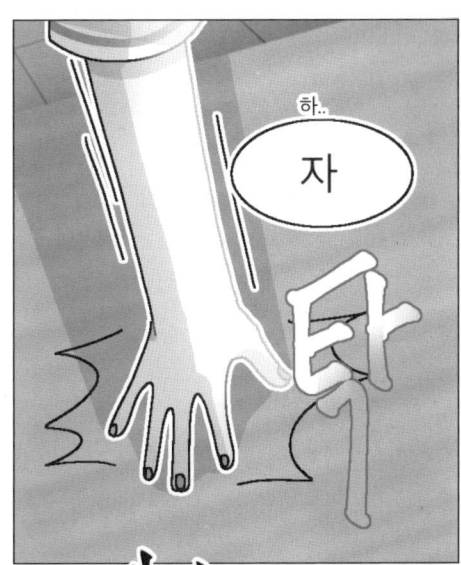

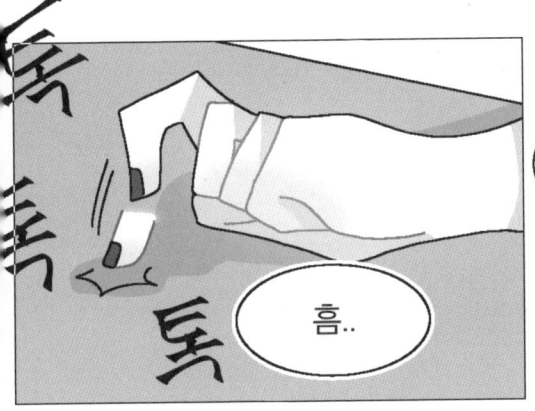

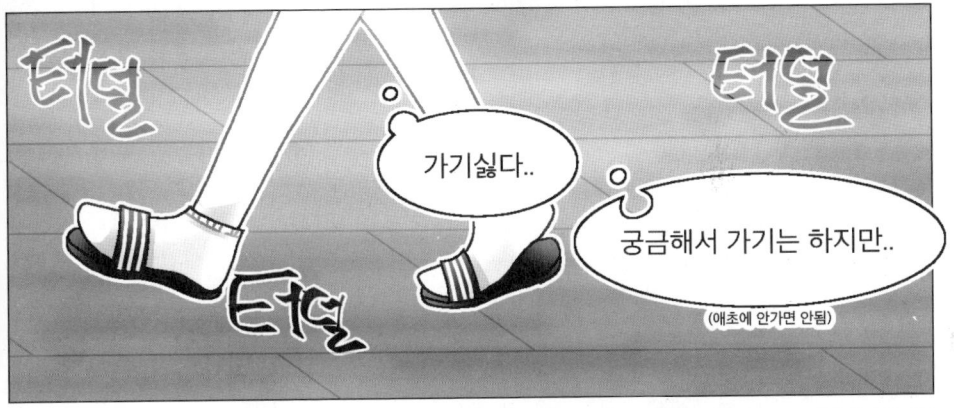

..여기에
이런공간도
있었어요?
설마 여기
들어가야하는건..
이러면 아래층이랑
이어지는거 아닌가?
응 맞아^^
잘아네
하..
결국 내려가는중
아이고,,
내 팔자야..
삐끗
어
?!?!

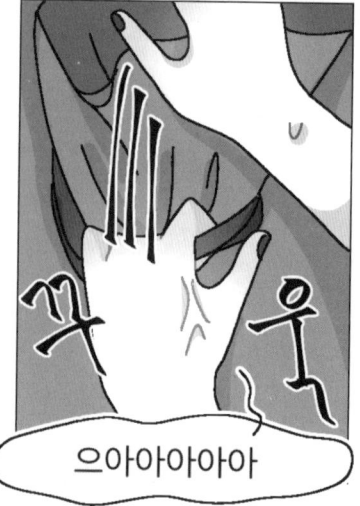

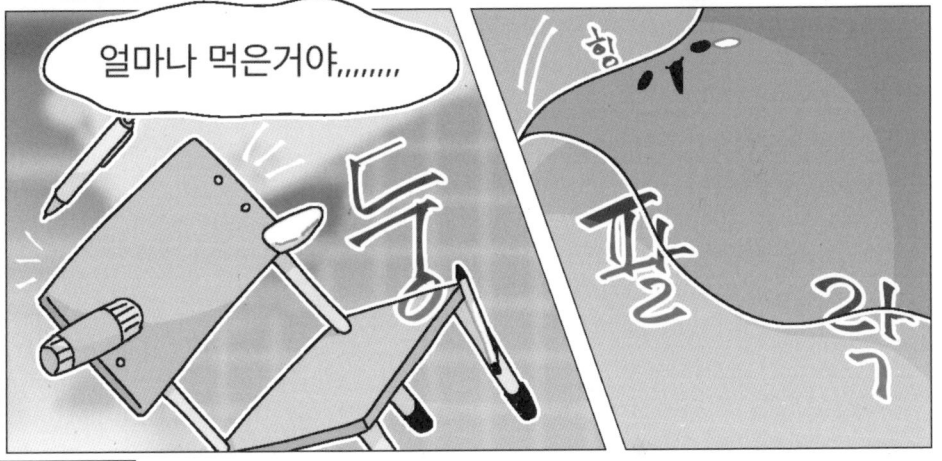

### 작가 박지수

만화 그리기를 하면서 느낀 소감은 아마 7명이 다 비슷했을 거라고 생각합니다. 만화책쓰기를 처음 해보는 작업이어서 스토리를 짜는 것부터 막막했고, 스토리를 짜고 난 이후에 어떻게 그림으로 표현할 것인지 많은 고민을 했습니다. 공들여 완성한 만화책을 보니 다들 자기만의 특색이 묻어나는 것 같아 정말 뿌듯했습니다.

# 손거울

# 등장인물 소개

도연우(18)
-시현이의 유일한 친구

송시현(18)
-연우랑 오래된 친구
-무뚝뚝하고 항상 포커페이스
-눈물점이 특징

엄지한(18)
-목을 자주 만지는 습관이 있음
-시현이가 좋아하는 친구

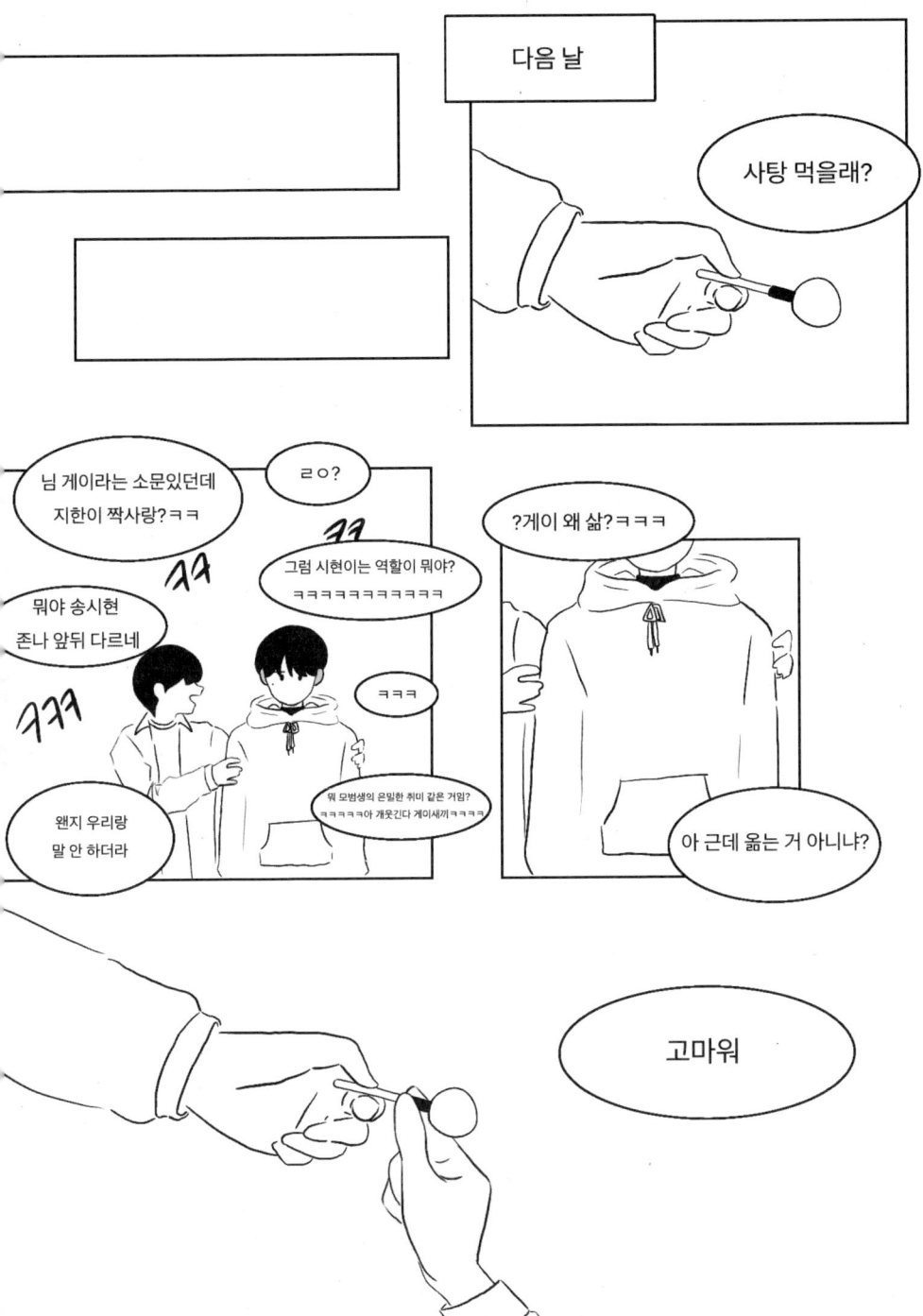

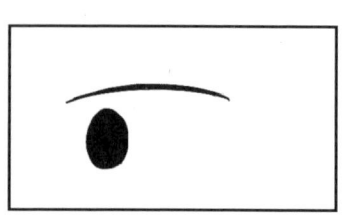

## 고백이라도 해

됐어

이번시간 뭐 하는지나 말해

담임 자습시간

자리 바꾼다더라

이제는

연우를 핑계로 찾아 갈 명분따위는 필요가 없어졌다

잘 된 거겠지

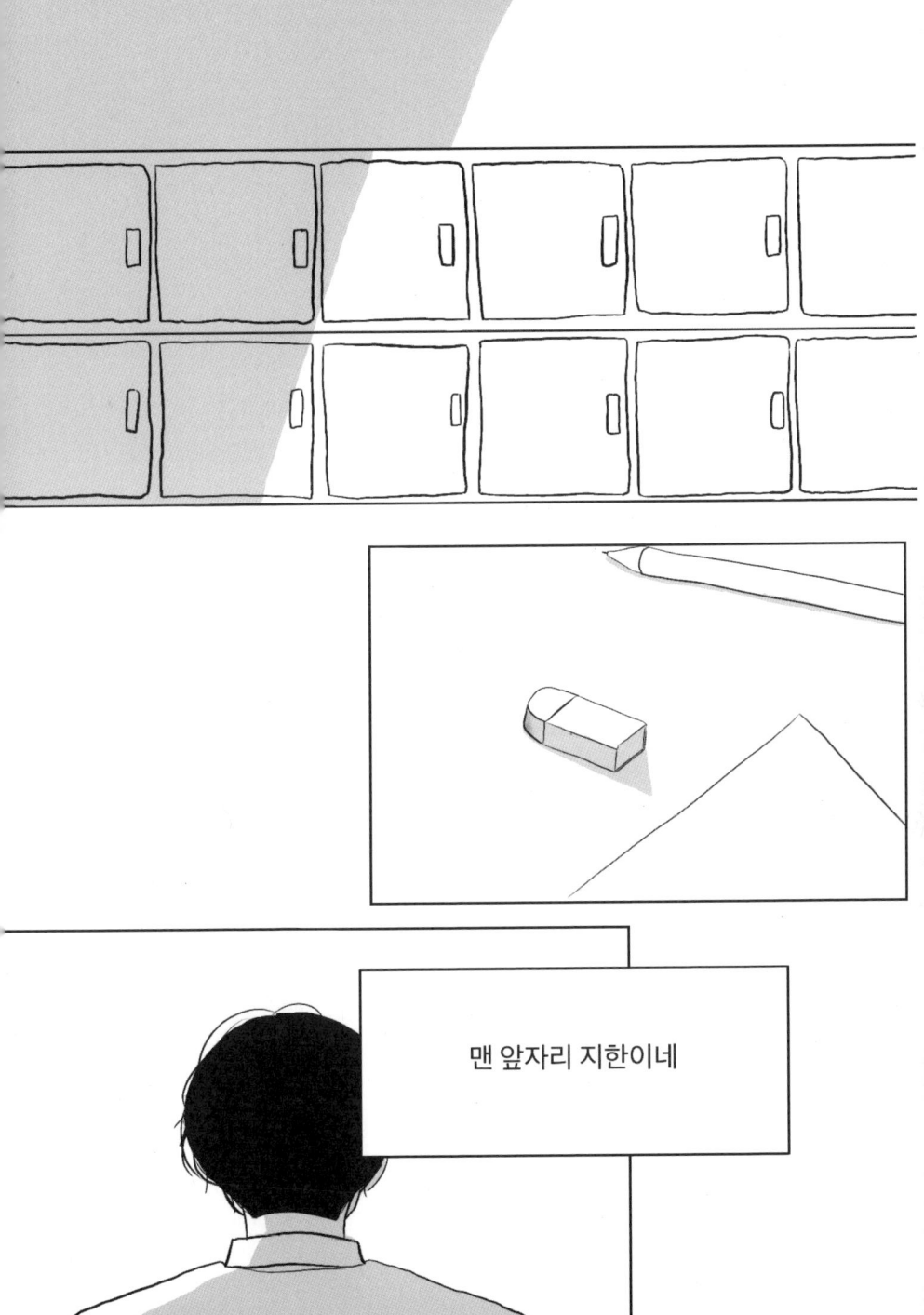

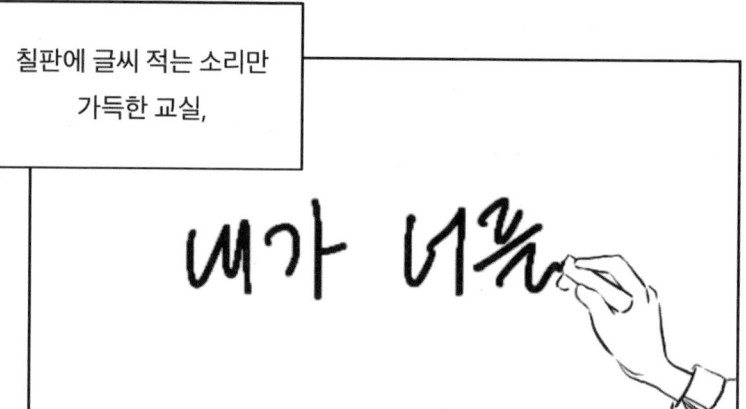

칠판에 글씨 적는 소리만 가득한 교실,

창문을 통해 들어오는 햇볕,

그리고 지한이 책상 위에 놓여진 손거울

뭐야! 수업시간에
엄지한 밖에 나가 서있어

네..

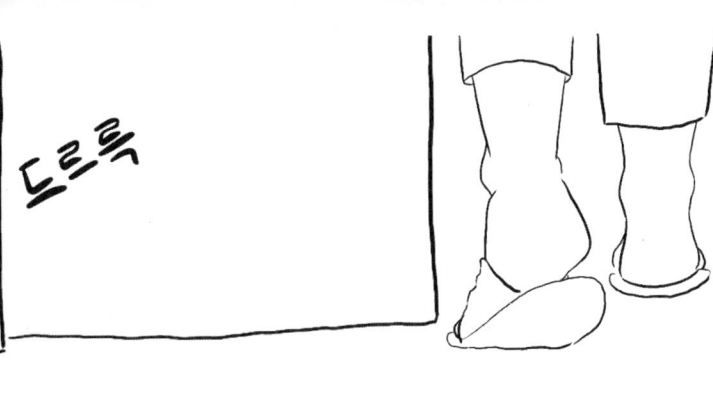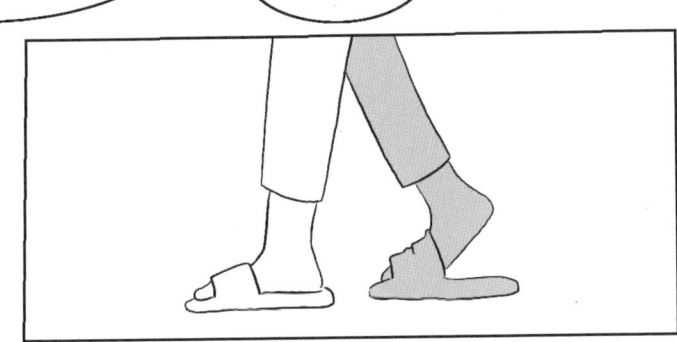

넌 왜 나왔어..?

나도 나가래

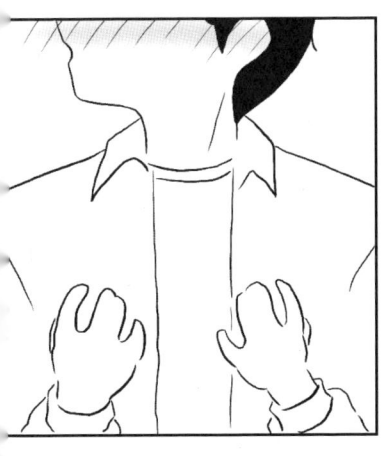

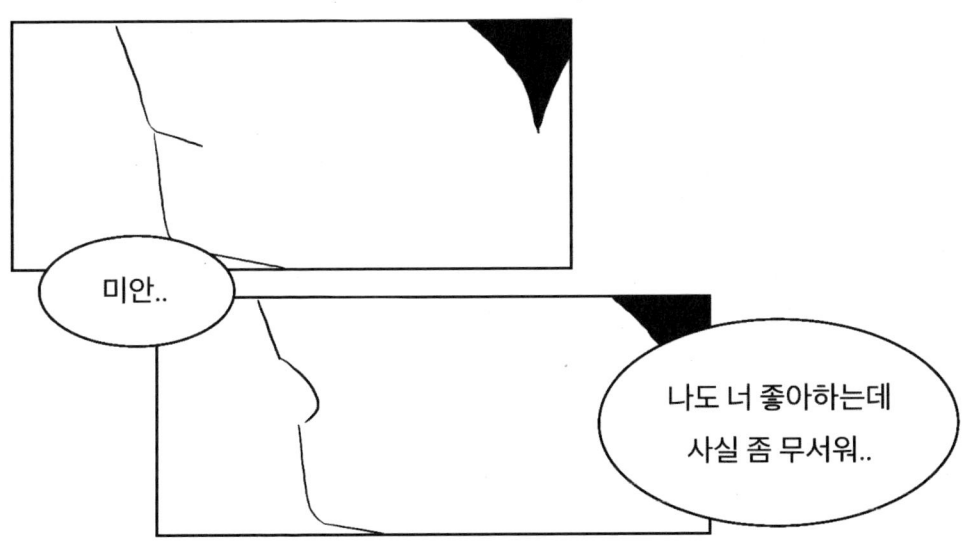